TABLEAUX

ANCIENS ET MODERNES

ET

OBJETS DE CURIOSITÉ

EXPOSITION PUBLIQUE : le Jeudi 12 Octobre 1871

Mᵉ DELBERGUE-CORMONT COMMISSAIRE-PRISEUR

MM. DHIOS ET GEORGE, EXPERTS

PARIS — 1871

EXEMPLAIRE DE DHIOS

CATALOGUE

DES

TABLEAUX

ANCIENS ET MODERNES

ET

OBJETS DE CURIOSITÉ

Qui garnissaient l'atelier de feu M. J.-B. DELESTRE, Artiste-Peintre

TABLEAUX, ESQUISSES, PORTRAITS, ÉTUDES, DESSINS ET ALBUMS
DE CROQUIS

Par A.-J. Baron GROS

Grandes Compositions et Portraits, par J.-B. DELESTRE
Bouquet de fleurs et Études, par Van DAEL
Famille hollandaise, par J.-B. WEENIX

TABLEAUX DES DIVERSES ÉCOLES

Par Bourguignon, Duval, I. Van Duynen, G. Flinck, F. Floris, Van
Kessel, Lépicié, Loutherbourg, W. Mieris, Molenaer, Molyn, Piazzetta,
E. Vander Poël, Verdussen, etc., etc.

CURIOSITÉS

Quatre Armures, Bronzes, Statuettes, Bustes, Médaillons et Médailles, Objets en
laque, Pendule Louis XV, Ivoires, Cartel Louis XVI, Modèle de navire, Miniatures,
Terres cuites, etc., etc.

DONT LA VENTE AUX ENCHÈRES PUBLIQUES AURA LIEU

Par suite du décès de M. DELESTRE

HOTEL DROUOT, SALLE N° 2

Les Vendredi 13 et Samedi 14 Octobre 1871

A UNE HEURE PRÉCISE

Mᵉ DELBERGUE-CORMONT, Commissaire-Priseur,
rue de Provence, 8,

Assisté de **MM. DHIOS** et **GEORGE**, Experts, rue Le Peletier, 33.

EXPOSITION PUBLIQUE : Le Jeudi 12 Octobre 1871, de 1 heure à 5 heures.

PARIS — 1871

CONDITIONS DE LA VENTE

Elle sera faite au comptant.

Les Acquéreurs paieront CINQ POUR CENT en sus des enchères.

Une deuxième Vente sera faite le Lundi 16 Octobre 1871, à midi et demi précis, rue Saint-Jacques, 350, en l'atelier de feu M. DELESTRE.

Elle comprendra les trois Tableaux, n°s 36, 37 et 38 du Catalogue, les Boiseries, Matériel et Ustensiles d'atelier, Plâtres, Mannequin articulé, Chevalets, Boîtes à couleurs, Échelles, Casiers, Mobilier courant, Garde-robe d'homme, Bibliothèque, Vases de jardin, nombreux Objets divers.

DÉSIGNATION

TABLEAUX

Esquisses, Portraits, Études peintes, Dessins et Albums de Croquis

PAR

A.-J. baron GROS

Nota. — La plupart des œuvres de Gros ci-après désignées se trouvent décrites et analysées dans le livre de **M. J.-B.** Delestre : *Gros, sa vie et ses ouvrages.*

1 — Les deux Esquisses pour les pendentifs de droite et de gauche, surajoutés au tableau de la Bataille des Pyramides.

2 — Première Pensée de la Peste de Jaffa.

3 — Acis et Galatée.

4 — Les Bergers d'Arcadie.

5 — Portrait équestre de Bonaparte en Italie.

6 — Portrait d'une dame et de sa fille.

7 — Jeune Femme se drapant au sortir du bain.

8 — Portrait de Gros à l'âge de trente-six ans, et représenté la palette à la main.

Ce portrait très-fin de couleur et très-curieux, a été toujours attribué au peintre lui-même. Il est de madame Carbonnet, belle-sœur de Gros.

Note extraite de l'*Histoire des Peintres*, de Ch. Blanc.

9 — Portrait de jeune Femme coiffée d'un chapeau de paille. (Buste.)

10 — Portrait de jeune Femme.

11 — Portrait de Masséna.

Fixé, exécuté en Italie.

12 — ÉTUDES PEINTES POUR LA COUPOLE DU PANTHÉON : L'ange placé près du groupe de Louis XVIII. — L'ange qui vient de déposer le petit prince. — L'ange jetant le voile funèbre dans l'abîme, l'ange présentant la croix aux Saxons. — L'ange des Capitulaires. — Le petit prince assis. — Petite étude de la tête de Charlemagne.

La plus grande de ces académies, toutes dans le même rapport entre elles, est de 65 cent. C'est d'après ces seules données que Gros les a reproduites sur une échelle de plus de 4 mètres. Elles sont d'un sentiment parfait de forme et de couleur; les pieds et les mains sont moins terminées; mais ces études sont tellement justes de constructions et pleines de vérité, que l'auteur les a retracées mot à mot dans leur reproduction colossale. *Gros et ses ouvrages*, par Delestre, p. 251.

13 — Torse de grandeur naturelle.

Cette belle étude remporta le second prix; le premier fut donné à Landon.

14 — Tête de nègre.

15 — Distribution de croix aux artistes : Napoléon remettant à David la croix d'officier.

Dessin à la plume reproduisant en quelques traits les portraits de Girodet, Gérard, Guérin, C. Vernet, Cartelier, M. Denon et Gros lui-même

16 — Bonaparte en Italie. (Buste en profil.)

Croquis à la plume.

CINQ DESSINS POUR LE COMBAT DE NAZARETH
CRAYON ESTOMPÉ

17 — Le Groupe principal entourant Junot.

18 — Troupe de cavaliers ennemis.

19 — Sur une même feuille : Cheval se cabrant, Turc écrasé sous sa monture, Peloton d'infanterie.

20 — Drapeau disputé.

21 — Cheval échappant à son maître.

---

22 — Prise de Caprée. (Plume.)

23 — Alexandre domptant Bucéphale. (Plume.)

24 — Cavaliers turcs. (Plume.)

25 — Mort du général Valhubert. (Crayon.)

26 — Jeune Femme debout les bras croisés. (Plume.)

27 — Combat d'ours et de chevaux. (Trait au crayon sur toile.)

LIVRES DE CROQUIS

28 — Album contenant de nombreux croquis par Gros : cavalier, animaux, lion, groupe de jeunes femmes, etc., et les calques de M. Delestre pour les planches de son ouvrage.

29 — Petit in-4° contenant 95 feuillets couverts de croquis d'après l'antique : paysages, buffles, équipages conduisant en France des objets destinés au Musée. — C'est la relation graphique du voyage de Gros en Italie.

30 — Petit Album contenant des épisodes de la bataille de Nazareth et des types orientaux.

31 — Autre, où l'on remarque les portraits du père et de la mère de Gros, plusieurs têtes de femmes, études d'arbres, etc. 54 feuillets.

32 — Album de croquis : Arabes, Turcs, Druides, profils de Sulkouski et du général Rampon, etc.

33 — Album de 37 feuillets : types orientaux, chevaux, tête de Napoléon d'après Natoire à l'Opéra, caricature d'émigré portant un petit chien, etc.

34 — Autre Album : hussards en marche, combat de cavaliers, attelage, les bergers d'Arcadie, etc.

35 — Petit Livre ne contenant que deux croquis : portrait de la duchesse d'Angoulême, Louis XVIII et un visage d'homme.

TABLEAUX

Portraits, Études

PAR

J.-B. DELESTRE, élève de GROS

36 — Jésus appelant à lui tous ceux qui ploient sous le travail.

37 — Noé maudissant ses enfants.

38 — Saint Pierre.

> **Nota.** — Les trois tableaux n. 36, 37, 38, étant d'une grande dimension, seront vendus sur place en l'atelier de M. Delestre, rue Saint-Jacques, 350, le lundi 16 octobre 1871.

39 — Les Enfants de Clodomir.

40 — Sapho.

41 — La Justice, figure allégorique.

42 — Sainte Thérèse.

43 — La Brune et la Blonde.

44 — Jeune Fille lisant une lettre.

— Sous ce numéro, environ 20 portraits, têtes d'étude, etc.

TABLEAUX

DES DIVERSES ÉCOLES

BOURGUIGNON

46 — Combats de cavalerie, esquisses. (Deux pendants.)

CANALETTO (École de)

47 — Vue de Venise.

DAEL (Van)

48 — Bouquet de fleurs.

> Beau tableau du maître, signé et daté 1824.

49 — Plusieurs Corbeilles de fleurs sur la terrasse d'un parc. (Esquisse.)

50 — Sous ce numéro, plusieurs Études de fleurs à l'huile et à l'aquarelle.

DE HEEM (Attribué à)

51 — Nature morte : Homard, fruits, citron, etc.

DUVAL

52 — Le Passage du gué.

DUYNEN (Isaac Van)

53 — Nature morte. Poissons de diverses espèces déposés
sur la plage.

FLINCK (Govaert)

54 — Tête de Vieillard, profil. (Gravé.)

FRANCK (Floris)

55 — L'Annonciation.

GUILBERT (Charles)

56 — La Pologne expirante.

HACKAERT

57 — Bestiaux sur une route.

HUGUES

58 — Jeunes femmes.
Deux tableaux de forme ovale.

59 — Les Baigneuses.

KESSEL (J. Van)

60 — Deux singes tenant une corbeille de fruits.

LAHYRE (L. de)

61 — Le Puits d'Amour.

LÉPICIÉ

62 — Tête de jeune Garçon. (Buste.)

Il est coiffé d'une casquette ronde à large visière, et tient à
la main un porte-crayon et un carton à dessin.

LOUTHERBOURG

63 — Paysage avec moutons.

MIÉRIS (GUILLAUME)

64 — Vénus et l'Amour.

MILÉ (École des)

65 — Un Panneau de clavecin décoré d'un paysage his-
torique, avec figures.

MOLENAER

66 — Plage de Scheveningen.

MOLYN (PIERRE)

67 — Pâtre et Bestiaux auprès de ruines environnées
d'arbres.

ORIZZONTE

68 — Paysage; site italien.

PIAZZETTA

69 — Vieillard remettant des pièces de monnaie à un guerrier; figures à mi-corps.

POEL (Egbert vander)

70 — Extérieur de ferme avec nombreux ustensiles, chaudrons, baquets, etc.

TASSAERT

71 — Désespoir.

TRAVIÈS

72 — Sous ce numéro, cinq Tableaux : types de chiffonniers, marchand d'habits et paysage.

TOCQUÉ (Attribué à)

73 — Portrait de Femme.

VERDUSSEN

74 — Deux Sujets de chasse formant pendants.

VÉRONÈSE (D'après)

75 — Départ d'Adonis pour la chasse. Ancienne copie.

WEENIX (JEAN-BAPTISTE)

76 — Famille hollandaise représentée à l'entrée d'un parc.

Très-beau tableau du maître.

ÉCOLE VÉNITIENNE

77 — Vénus et Adonis.

ÉCOLE ITALIENNE

78 — Jupiter et Sémélé.

79 — Portrait d'homme tenant une lettre.

Peinture sur ardoise; au revers est le portrait d'un religieux.

80 — Portrait d'homme à large collerette de guipure.

GOTHIQUE ITALIEN

81 — La Vierge au milieu des Apôtres.

ÉCOLE FRANÇAISE

82 — Allégorie des sciences. (Esquisse.)

83 — Instruments de musique, Vidrecôme et Livres.

84 — Pan et Syrinx.

85 — Le Fleuve de la Vie. (Allégorie.)

ÉCOLE FRANÇAISE (XVIIIᵉ siècle)

86 — Un livre de dessins à la plume et à la sépia : bas-relief, urnes, autels, vases, tombeaux, etc.

ANCIENNE ÉCOLE FLAMANDE

87 — Quatre portraits d'homme.

ÉCOLE FLAMANDE

88 — Vénus sur les eaux.

89 — Environ 100 Tableaux des diverses écoles, 20 Académies et une série de Portraits seront vendus séparément ou par lots sous ce numéro.

CURIOSITÉS

90 — **Quatre Armures** anciennes seront vendues sous ce numéro.

91 — **Bronzes** : statuettes, bustes, médaillons en bronze italien, monnaies et médailles, bronzes chinois; ce lot sera divisé.

92 — **Un Obélisque** en granit rose, sur socle en marbre.

93 — **Petite Papeterie anglaise** en racine de noyer avec ornements d'applique en cuivre.

94 — Bas-relief en pierre bronzée, représentant les Anges défendant la cité de Dieu.

95 — Statuettes, figurines, bas-reliefs en bois sculpté, terres cuites, pierre de lard, albâtre, etc.

96 — **Curiosités diverses** : bonbonnières, étuis, poudrières en ivoire sculpté, serrures anciennes, objets en laque de Chine, coffrets, lacrimatoires et lampes antiques

97 — Quelques Porcelaines et Faïences.

98 — **Miniatures**, fixés, petites peintures sur cuivre, etc., dont un Bouquet de fleurs, par Van Dael et une figure de Baigneuse, petite minia ture sur ivoire, avec une dédicace à Gros.

99 — Un Modèle de navire.

100 — Pendule Louis XV en bronze doré, avec socle en
marbre; elle est surmontée d'un trophée d'armes,
et flanqué de deux figurines d'enfants.

101 — Cartel Louis XVI en bronze, modèle à vase et guir-
lande.

102 — Les Objets de curiosité non catalogués.

Renou et Maulde, imprimeurs de la Compagnie des Commissaires-Priseurs
rue de Rivoli, 144.   12871